儿童情绪与人格培养绘本

成长中的心灵需要关怀 • 属于孩子的心理自助读物

我要更勇敢

I Don't Know Why... I Guess I'm Shy

克服害羞的故事

文 [美] 芭芭拉·凯因（Barbara Cain）
图 [美] J.J.史密斯–摩尔（J.J. Smith–Moore）
译 孙燕

化学工业出版社
米立方出版机构
·北京·

选择绿色印刷
保护环境，爱护健康

亲爱的读者朋友：

  您手中的这本书已入选北京市优秀少儿读物绿色印刷示范项目。它采用绿色印刷标准印制，在它的封底印有"绿色印刷产品"标志。

  按照国家有关标准（HJ 2503－2011），绿色印刷选用环保型纸张、油墨、胶水等原辅材料，生产过程注重节能减排，印刷产品符合人体健康要求。

  北京市优秀少儿读物绿色印刷示范项目，是北京市新闻出版局组织开展的重要公益性文化服务项目，也是北京市绿色印刷工程的主要组成部分，目的是宣传绿色印刷理念，普及绿色印刷知识，为广大少年儿童提供更加健康安全的读物。

北京市绿色印刷工程

特别献给你，阿贺布

——芭芭拉·凯因

致我的侄儿，斯宾塞·斯科特·史密斯

——J.J.史密斯 — 摩尔

成长中的心灵需要关怀

当成人放下教育者的姿态，他意图实践的"教育"才能开始发挥作用。

"儿童情绪与人格培养绘本"是一套让人感觉温暖的书。书中的主角像我们现实生活中的孩子一样不完美，他们面临着成长中的种种困惑：害羞、不自信、不喜欢吃饭、注意力不集中……但最终，他们都从自己内心找到了问题的答案。

充当儿童成长过程中的陪伴者，是值得推荐的立场。本套书中的每位作者，无疑是孩子们最贴心的陪伴者。他们有着丰富的为孩子工作的经验，深知每一颗成长中的心灵都需要关怀。是的，关怀，作为家长，让孩子在出生后的最初几年时刻感受到你的爱、支持与关怀，你的"教育"就已经成功了一半。所以，本套书的每一本都在最后给父母提供建议，告诉父母在面对孩子的种种"问题"时所应采取的态度与立场。

在《我要更自信》一册中，父母可以通过火鸡图图的故事，帮助孩子接受自己，建立自尊；

通过阅读《我要更勇敢》，父母和孩子都可以对"害羞"有更多的了解，同时还可以不让害羞成为孩子人际交往的阻碍；

《我要爱上吃饭》讨论的是食物和感受的问题，当我们学会与自己的内在进行沟通，读懂身体发出的信号，吃多或吃少就不再会成为问题；

《我要更专心》是国内第一本针对多动症儿童的自助手册。无论是已经被确诊为多动症，还是仅仅具有一些症状表现，本书都可以对孩子和家长有所帮助。

成长的过程不会是一帆风顺的，帮助孩子拥有一颗坚强的心灵，是父母所能送给孩子的最好的礼物。这也就是为什么，我们会给两岁的孩子出版"自助"读物：越早开始了解自己，走上自助之路，就越能顺利地面对走出家门后的生活。

作为出版者，同时也是孩子的父亲或母亲，我们了解任何一个不经意的细节可能给孩子的威胁，所以，我们磨去了书的尖角，采用亚光的封面……

最后，祝每位小读者健康、快乐成长，享受阅读的乐趣！

Sammy Samson loved many things. He loved tree forts and running shoes and butterflies and boats. But most of all, he loved Sparky, his black and white dog with black and white socks.

萨米·山姆森喜欢很多东西。他喜欢树屋，喜欢跑鞋、蝴蝶和小船。最最重要的，他喜欢他的小狗斯巴克。斯巴克长着黑白花的身体，还有黑白花的爪子。

1

萨米和斯巴克是特别的朋友。他们一起跑步，一起游泳。他们一起骑车，一起远足。可以说他们几乎永远在一起。

Sammy and Sparky were special friends. They ran together and they swam together. They biked together and they hiked together. You might even say they were forever together.

One spring day when the world was green and tulips looked like lollipops, Mrs. Samson said, "What a fine day for an afternoon stroll. Sammy, let's go down to the ice cream store."
"Can I bring Sparky?" Sammy asked.
"Of course you can," Mrs. Samson smiled. "Now where would we ever go without Sparky in tow?"
With one rattle of the leash, Sparky was at the door, and they were off to the ice cream store.

　　一个春天的早上，到处一片绿色，盛开的郁金香像棒棒糖一样。山姆森太太说："多好的一天啊，我们出去走走吧。萨米，我们下楼去买冰淇淋吧。"

　　"我能不能带上斯巴克？"萨米问。

　　"当然可以了。"山姆森太太笑着说，"什么时候我们出门不带上它呢？"

　　皮带哗啦一声响，斯巴克就在门口，他们一起去冰淇淋店。

路上他们经过潘宁顿太太的家，她正在刷篱笆。

潘宁顿太太对山姆森太太说："哈罗！"山姆森太太向她微笑问候。
她对斯巴克说"哈罗！"斯巴克对她摇摇尾巴。她对萨米说："哈罗！"
可是萨米……什么也没对她说。

"你为什么不和潘宁顿太太打招呼呢？"萨米的妈妈叹息着。

萨米轻声说："我不知道为什么……我猜我害羞。"

Along the way they passed Mrs. Pennington painting her fence.
Mrs. Pennington said "hi" to Mrs. Samson, who greeted her warmly.
She said "hi" to Sparky, who waved with his tail.
She said "hi" to Sammy, who said...nothing.
"Why don't you say hello to Mrs. Pennington?"
Sammy's mother whispered.
Sammy said quietly, "I don't know why...I guess I'm shy."

然后他们遇到米勒先生。他正在做鸟屋。

"嘿，山姆森"，米勒先生打招呼。"你现在是个大小伙子了，萨米。你几岁了，年轻人？"

萨米看着地面，盯着自己的鞋子。山姆森太太捅了捅他的袖子。可是萨米还在研究他的鞋。

"我真希望我不是非说不可。"他想："我想不出任何可以说的话。"

"萨米刚买了一双新跑鞋。"山姆森太太解释道："我猜他今天一直想着这事。"

"噢，那好。"米勒先生说："当我是个小男孩的时候，你知道，我也曾经是个小男孩，我觉得有一双新球鞋差不多和去月球一样棒。"

Next they met Mr. Miller building a birdhouse.
"Hi there, Samsons," Mr. Miller hailed. "What a big boy you've become, Sammy. How old are you now, young man?"
Sammy looked at the ground and studied his shoes. Mrs. Samson tugged at his sleeve. But Sammy continued to study his shoes.
"I wish I didn't have to talk," He thought, "I can't think of anything to say."
"Sammy just got a new pair of running shoes," Mrs. Samson explained. "And I guess that's what's on his mind today."
"Oh, that's all right," Mr. Miller said. "When I was a boy, and I once was a boy, you know, I used to think a new pair of sneakers was nearly as good as a trip to the moon."

5

他们穿过院子时，山姆森太太说："米勒先生是一个非常和气的人。你为什么不和他谈谈呢，最起码回答他的问题？"

萨米说："我不知道为什么……我猜我害羞。"

"嗯，"山姆森太太说："记得当你还是个小宝宝时，你经常和米勒先生一起看鸟吗？他教给你很多鸟的名称和叫声，你也喜欢和他一起聊天。现在和那时有什么不一样呢？是什么原因让你不能再和米勒先生聊天了呢？"

"我还是想和米勒先生聊天的。"萨米说，"但是每次我想说的时候，那些词就卡住了！"

"你能不能试试让它们别卡住？"山姆森太太笑了。

"我担心那些不合适的话会跑出来，"萨米解释道，"这样我就会显得超级的傻！"

As they crossed the court, Mrs. Samson said, "Mr. Miller is such a kind man. Why wouldn't you talk to him, or at least answer his questions?"
Sammy said, "I don't know why...I guess I'm shy."
"Hmmm," said Mrs. Samson. "Remember when you were a little tyke, and you and Mr. Miller used to watch birds together? He taught you some of their names and songs, and you loved chirping and chattering with him. What's different now? Why don't you want to talk to Mr. Miller anymore?"
"I still do want to talk to Mr. Miller," said Sammy. "But every time I start, the words get stuck!"
"What if you tried to un-stuck them?" Mrs. Samson chuckled.
"The wrong ones might come out," Sammy explained, "and then I would really sound double dumb!"

转过一个弯，他们看见品特太太在她的花园中种辣椒。

"多可爱的蔬菜园子啊！"山姆森太太说。

斯巴克看来也这么认为。它在园子里跑来跑去，还踏在萝卜上。

"你有一只很调皮的狗。"品特太太笑着说，"萨米，亲爱的，

你的狗叫什么名字？"

品特太太在等着一个回答。

山姆森太太在等着一个回答。

甚至萨米也在等着一个回答。

但是那个回答就是没出来。

As they rounded the corner, they saw Mrs. Pinter
planting peppers in her garden patch.
"What a lovely vegetable garden you have,"
Mrs. Samson said.
Sparky seemed to think so, too. He scampered
through the garden and trounced on a turnip.
"You do have a frisky dog," Mrs. Pinter laughed.
"Sammy, dear, what's your dog's name?"
Mrs. Pinter waited for an answer.
Mrs. Samson waited for an answer.
Even Sammy waited for an answer.
But an answer never came.

"你把斯巴克的名字都忘了吗?"离开品特太太的房子后,山姆森太太开玩笑说。

"我永远也不会忘记斯巴克的名字。"萨米嘴硬。

"那你什么不能告诉品特太太它的名字呢?"山姆森太太温和地问。

"我不知道为什么……我猜我害羞。"萨米说,但是他的内心有一些担忧,"也许品特太太在生斯巴克的气,因为它太调皮了。"

萨米停下来,抱了抱斯巴克,发现在他的一只黑白花的爪子上有一片萝卜叶子。"但是斯巴克,你不害羞,对吧!"他说。

"它当然不害羞了。"山姆森太太同意,"我在想为什么它不害羞呢?"

萨米想了一会儿,"嗯,也许它不怕品特太太会生气。"他说。

山姆森太太点头,"我猜斯巴克知道,就算品特太太有点儿不高兴,她过一会儿就好了。"

萨米咧嘴笑了,"斯巴克不需要像我这样和每个人说话。没有人抓着他的爪子说,'说话啊,斯巴克,说话!'"

"Did you forget Sparky's name?" Mrs. Samson teased as they left the Pinters' house.
"I'd never forget Sparky's name is Sparky," Sammy insisted.
"Then why didn't you tell Mrs. Pinter his name?" Mrs. Samson gently asked.
"I don't know why...I guess I'm shy," said Sammy, but secretly he worried, "Maybe Mrs. Pinter is mad at Sparky for being so frisky."
Sammy stopped to hug Sparky and noticed a turnip leaf in one black and white paw. "But Sparky, YOU'RE not shy, are you?" he said.
"He sure isn't," Mrs. Samson agreed. "I wonder why he's not."
Sammy thought for a moment. "Well, maybe he's not scared of making Mrs. Pinter mad," he said.
Mrs. Samson nodded, "And I'll bet Sparky knows that even if she was a tad mad, she wouldn't stay that way for long."
Sammy grinned. "And Sparky doesn't have to talk to everybody like I do.
Nobody tugs at his paw and says, 'Speak, Sparky, speak!'"

When they reached the ice cream store, Sammy hitched Sparky to a nearby tree. "Wait right here, Sparky," he said, "and I'll be back in a jiffy."

当他们到了冰淇淋店的时候，萨米把斯巴克拴在附近的一棵树上。

"就在这儿等着，斯巴克。"他说，"我一会儿就回来。"

在店里，他看见像彩虹一样五颜六色、不同口味的冰淇淋，深紫色的是树莓口味，暗绿色的是薄荷口味，亮橙色的是柑橘口味。

"你今天想吃什么，年轻人？"丹尼尔先生问萨米。

萨米默默地指着他最喜欢的口味。

当丹尼尔先生递给他一个双球的巧克力冰淇淋的时候，萨米想说谢谢……但他没有。

你知道为什么吗？因为萨米觉得害羞。

Inside he gazed at a rainbow of flavors like deep purple boysenberry, pale green mint, and bright orange tangerine.
"And what would you like today, young man?" Mr. Daniels asked Sammy.
Sammy pointed silently to his favorite flavor.
When Mr. Daniels handed him a double dip chocolate chip, Sammy wanted to say thank you...but he didn't.
Do you know why?
Because Sammy felt shy.

10

Then Sammy looked at Mr. Daniels'
good-humor face and thought, "I *can*
do this. I *can* un-stuck these words. I
know I can!"
"THANKS." he squeaked...but no one
could hear.
"Say it again, and louder," Sammy
told his voice, as he stood
as tall as he could.
"THANK YOU! THANK YOU,
MR. DANIELS!"

萨米看着丹尼尔先生笑眯眯的样子，他想："我能行
的，我能把那些卡住的词儿说出来。我知道我能！"

"谢谢。"他咕哝了一声……但没有人听到。

"再说一遍，大点声！"萨米在心里对自己说。他尽量
站得直一些，说："谢谢！谢谢丹尼尔先生！"

11

"哇，"丹尼尔先生开心地笑着："这么有礼貌的年轻人应该得到特别优待。"他把一大勺糖粒撒在萨米的巧克力冰淇淋上。

"哇，好多啊。"萨米笑得合不拢嘴，然后走出了冰淇淋店。

"Oh my," Mr. Daniels smiled broadly. "Such a nice young man deserves an extra treat," he announced, and he scattered a spoonful of sprinkles across Sammy's chocolate chip. "Wow! Thanks a lot!" Sammy beamed, and marched out the door of the ice cream store.

萨米和山姆森太太出来找斯巴克。但是当他们走到树那儿的时候，萨米大吃一惊觉得自己的胃都拧了起来，"斯巴克不见了！"他大喊。"我找不到斯巴克了！"

萨米抓起空皮带，用他的新跑鞋所能跑出的最快速度冲了出去。

Sammy and Mrs. Samson went to unhitch Sparky. But when they got to the tree, Sammy's stomach did cartwheels and he gulped very hard.
"Sparky's gone!" he shouted. "I can't find Sparky!"
Sammy grabbed the empty leash and ran as fast as his new shoes could carry him.

13

他经过品特太太的房子。

"她不会生气的。她不会生气的。"当他看见品特太太在给新种的辣椒浇水时，他对自己说。

"您看见斯巴克了吗？"他问她。

"谁？"

"斯巴克，我的狗，斯巴克！"

"噢，它叫这个名字啊。"品特太太眼睛一亮，"想起来了。"她说："我确实看见它穿过小山坡，向米勒先生的房子那边去了。"

He ran past the Pinters' house.
"She won't be mad, she won't be mad," he muttered to himself when he saw Mrs. Pinter watering her new peppers.
"Did you see Sparky?" he called to her.
"Who?" she asked.
"Sparky, my dog, Sparky!"
"Oh, is that his name?" Mrs. Pinter asked with a twinkle.
"Come to think of it," She said, "I did see him tearing up the hill toward the Millers' house."

Sammy flew up the hill and asked Mr. Miller if he had seen Sparky. "As a matter of fact I did," Mr. Miller said. "I saw him darting across the court toward the Penningtons' house."
Sammy darted too.

萨米飞快地跑过小山，问米勒先生是否看见了斯巴克。"我确实看见了。"米勒先生说："我看见他穿过院子向潘宁顿太太的房子飞跑过去了。"

萨米也飞跑去了。

15

"您看见斯巴克了吗？"他问潘宁顿太太。

"我看见了。"潘宁顿太太说："我看见它蹿过街道，向公园那边去了。"

"Did you see Sparky?" he called to Mrs. Pennington. "Indeed I did," Mrs. Pennington said. "I saw him whizzing up the street, heading toward the park."

16

"斯巴克，我要是不问这些人，我永远也不会知道你跑哪儿去了。"萨米一边向公园大门跑去，一边对自己说。

他问一个推童车的妇女是否看见斯巴克。

他问一个拿手杖的男人是否看见斯巴克。

他问一个皱着眉头的慢跑的人是否看见斯巴克。

每个人都说："是的，有一只黑白花的狗在水塘边玩儿。"

"Sparky, I'll never find you unless I ask these people where you are," Sammy told himself as he ran through the park gate.

He asked a woman with a stroller if she had seen Sparky.

He asked a man with a cane if he had seen Sparky.

He asked a jogger with a frown if he had seen Sparky.

Everyone said, "Yes, there's a black and white pooch playing by the pond."

萨米跑到水塘边。但是斯巴克不在那里。
萨米坐在长椅上用手抱住自己的头。

"噢，斯巴克，你在哪里？"他大喊。

Sammy scurried to the pond. But no Sparky was there.
Sammy flopped on the bench and held his head in his hands.
"Oh, Sparky, where are you?" he cried aloud.

18

"我还能在哪儿找到你呢？"
萨米摇着空皮带想。

"你是不是追着小鸟上了树？
还是追着兔子进了洞？"

"Where else can I go to find you?" Sammy
wondered as he shook the empty leash.
"Did you chase a bird up a tree? Or a rabbit
through a tunnel?"

19

"斯巴克！我找到你了！"
"SPARKY! I FOUND YOU!"

21

Sammy and Sparky rolled and tumbled and squealed and yelped like two playful puppies wrestling in the grass. Suddenly Sammy looked up and saw a group of smiling faces and waving hands.

"Look, Sparky," he said. "There are all the people who helped me find you."

"There's Mrs. Pinter, who sent me to the Millers'."

"There's Mrs. Miller, who sent me to the Penningtons'."

"And there's Mrs. Pennington, who sent me to the park... where I found YOU."

　　萨米和斯巴克抱在一起，翻着滚着叫着，好像两只小狗在草地上摔跤。突然萨米抬头一看，看见很多友好的脸和挥动的手。

　　"看，斯巴克，"他说，"这些人帮助我找到了你。"

　　"这是品特太太，她让我去米勒先生那边找。"

　　"这是米勒先生，他让我去潘宁顿太太那边找。"

　　"这是潘宁顿太太，她让我到公园来找 …… 然后我就找到了你!"

"看上去品特太太并没有对我生气。她也没有对你生气，斯巴克。米勒先生也不认为我超级的傻。每个人对我都很友好。"

萨米对山姆森太太说："也许我太担心惹麻烦了。"

'It looks like Mrs. Pinter isn't mad at me. And she isn't even mad at you, Sparky. And I don't think Mr. Miller thinks I'm double dumb. And everyone else was really nice to me." Sammy said to Mrs. Samson, "Maybe I worry too much about getting in trouble."

23

24

"你知道吗？斯巴克？"萨米在回家的路上
说："我喜欢我们的新朋友们，他们在和我们招手
再见。我也知道我以前为什么害羞了！"

"You know something, Sparky?" said Sammy on the
way home. "I like our new friends all waving goodbye.
And I think I know why I used to be shy!"

25

害羞是怎么回事？

害羞是一组常见的负面情绪，它可能包括恐惧、羞耻和尴尬，还有当别人在场时痛苦的自我意识。在成长的过程中，每个孩子都会或多或少地体验到这种感觉。害羞的孩子通常和那些外向的孩子知道同样的社会技能，但他们难以使用这些技能。他们可能不愿意和成年人说话，害怕陌生人，在新环境中感觉不舒服。最重要的，他们不喜欢吸引别人的注意力，不愿去占据中心位置凸显自己。

结果，害羞的孩子经常避免参与课堂讨论，即使他们可能是最用功的学生。当他们逼着自己发言的时候，他们常常用耳语一般小的声音，尽可能少的词语，或者用单调的声调发言，不显露他们的情绪和他们自己的真实想法。他们可能会避免在校园剧中表演，回绝聚会的邀请。尽管害羞的孩子可能喜欢个别朋友作伴，但是他们会避免团体活动，经常待在团体的边缘，不愿意占据他们自己的位置。

尽管有研究发现在害羞和遗传之间有中等程度的联系，研究指出通过有技巧的干预可以在很大程度上改善害羞。害羞的孩子会一直害怕接近成年人、大团体、新环境，但是父母和其他成人可以给予他们很多帮助，帮助他们减轻担忧，比如不愉快的想象，对失败的害怕，担心显得愚蠢，担心被批评或者被排挤。

如何使用本书

这个简单的故事给希望克服害羞的孩子提供一个工作模板。萨米为他明显的沉默去找背后的原因，给自己鼓励加油，然后做不同的尝试，最后得到了不同的结果。他不仅自豪地获得了成就感，而且发现他对批评的担忧说到底都是他的想像。最终，由于他急切地想找回他走失的狗，他发现多数的成年人是友好的，当有机会时，他们是愿意提供帮助的。这个故事能够帮助小读者找到克服害羞或其他困扰情绪的技巧。

这个故事试图激发孩子和父母（或孩子所信任的其他成年人）之间的开放式讨论。通过问孩子为什么萨米不愿意和成年人说话，你可以帮助他／她找到自己困惑的原因。你可以问：

- 米勒先生原来是萨米的朋友，你觉得萨米为什么不想和他说话？
- 是什么帮助萨米开始讲话？
- 萨米好像有些担心犯错误或者让其他人生气。你觉得他是从哪儿得到这些想法的？你觉得多数小孩都这么想吗？
- 下次当萨米遇到他的邻居时，你觉得他会怎么做？

尽管这本书主要是关于孩子在面对成年人时的害羞，但引发这种害羞的心理机制（害怕愤怒、批评、失败、困窘）和引发其他害羞感的机制是相似的。孩子还会在其他的情况下，比如面对同伴、大团体、上台演出、见不熟悉的人或到陌生场合感到害羞。儿童一般会认为，比起在同伴中感到害羞来说，面对成人时的害羞不那么丢人。因此本书描述面对成人的害羞，以促使孩子更坦诚地进行讨论。

另外，书中也提供了对成人行为的指导。山姆森太太用启发的方式提问，但不坚持要求回答。她给人安全感，温和地提建议，鼓励自我探索，带着幽默感、温情，还有不过度的好奇心。

父母如何帮助孩子

1

让孩子很容易接触到其他孩子。如果可能，住在一个儿童比较多的社区。尽可能早开始让孩子接触到尽可能多的成人和孩子。

2

养成带孩子去附近的公园和儿童游戏场地玩耍的习惯，这让孩子有很多机会自发地和其他孩子以及家长认识。带上熟悉的玩具，从而促进孩子之间的互动，以及孩子和成人之间的谈话。让游戏和聊天尽可能自然，如果不能，你可以帮助孩子做一些通常会吸引其他孩子参与的活动。当其他孩子加入时，尽可能自然地让新来者加入，在开始时温和地促进孩子们之间的互动——然后就让你的孩子自己应对。

3

做你孩子的"预约前台"。安排他和喜欢的伙伴一起玩，可以在自己家里，也可以在其他熟悉的环境中。当你的孩子对一些人和情境越来越熟悉时，逐步带他进入一些不那么熟悉的情境。例如，你可以在去之前先谈谈这个新地方，如果可能的话，给他看看这个地方的照片，或者带一个熟悉的同伴一起去。之后，温和地强化孩子的进步以及积极的表现，比如你可以说："动物园里你最喜欢什么动物？"或者"看上去你那么喜欢水滑梯，我都想去滑了！"

4

让你的孩子和你那些擅长跟孩子交流的成人朋友相处。让他和成年的客人、店员、熟悉的邻居聊天。把和这些成人相关的信息告诉给孩子，比如"琼斯太太想知道小联合队今年的成绩怎么样。"如果你的孩子不愿意说话，可以让他从招手或者其他非言语交流开始沟通，比如竖大拇指的手势，或者展示一幅他画的画，把注意力从语言上移开。

5

帮助你的孩子摆脱自我限制，让他把注意力放到别人身上，而不是自己的感受上。例如，如果你和孩子在遛狗时遇到一位熟悉的邻居，你可以对他说："我们今天遇到罗丝太太还和她打了招呼，我猜她特别高兴。她最近一直感觉不好。见到你和斯巴克让她很开心。大人见到小孩和狗就会微笑。"

6

各种各样的宠物都能有效地帮助害羞的孩子。比如故事中的萨米，一个孩子对他的猫和狗的喜爱和关心可以把他的注意力从自己身上移开。当在社区中走动或者去公园时，他的宠物可以很容易促进他和其他儿童、成人的交往，他们也许想说说自己家宠物的事情——它们的名字、滑稽的动作和特点。当关注点不在孩子自己身上时，他往往能展开一个轻松的闲聊。

7

让你的孩子参加团体活动。选择那些和他的特长和爱好相符合的活动，从而最大限度地提高成功的可能，减少失败。如果他不愿意参与，比如说不想加入足球队，告诉他："坐在边上看着也可以。看球可以让你很好地熟悉足球。这是个好开始。时间长了，你可能会慢慢发现踢球并不难。"这样你可以让孩子知道，你相信他可以掌控他的不适应的感觉。重要的是当他走出去的时候，让他体验成功的感觉。和其他的成年人合作（比如教练、老师等），促使你的孩子参加活动，并且可以获得成功。一个害羞的孩子往往觉得团体越小越自在。但是，尽管从小团体开始是好的，你最终的目标是帮助他提高在大团体中的舒适度。随着时间推移，孩子可以逐渐进步。

8

避免强迫你的孩子说话或者参与。尽管动机很好，但太多压力会引发其他的复杂问题。在焦急的父母和不情愿的孩子之间的拉锯战会让孩子更想退缩。另外，强迫他更加外向会加重他隐藏的担忧，就是他是不好的，应该指责的，或者至少是有缺陷的。

9

要记得在多数情况下，害羞的孩子会找到适合自己的，处理情绪与人际关系的方法。有了你温柔的支持，他们能够逐渐用自己的风格适应环境，自信地前进。

父母是自己孩子性情的专家，最清楚在特定的情形下孩子会因为什么样的原因而受限制。和你的孩子温和地、鼓励性地交谈，了解是什么问题阻碍了他，记住"为什么"的问法往往会让孩子不愿意说话。比如，你可以说："也许在艺术课上你有些担心自己画得不够好，不过老师只是希望每个人都很开心，能够享受艺术。画画的方式没有对错之分。"

10

如果你孩子的害羞看上去不是个阶段性的问题，如果问题加重，已经影响了他的正常发展，如果他的活动范围缩小，朋友圈变小，或者在很多方面表现出明显的不适，你应该找心理专业人士沟通并寻求指导。宁可错在寻求帮助太早，也不要太迟，因为儿童长时间害羞可能会是一个麻烦的问题。

关于作者

芭芭拉·凯因（Barbara Cain），执业的心理治疗师，曾经帮助很多害羞的孩子成长为自信的青少年和成人。凯因女士与丈夫及孩子居住在美国密歇根州。

关于插图作者

J.J.史密斯—摩尔（J.J. Smith-Moore），十多本儿童书的插图和文字作者。她自己曾经养过一只叫做斯巴克的狗，并对它有愉快的记忆。她和丈夫以及两个孩子居住在美国亚利桑那州。

关于译者

孙燕，心理学硕士，国家二级心理咨询师，长期从事心理健康方面的撰稿工作。曾在美国威斯康星州麦迪逊市学习、生活。喜爱儿童绘本。现居北京。

儿童情绪与人格培养绘本，
关怀成长中的心灵

丛书特色

1. 由美国心理学会资深儿童心理学家撰写，专业插画家绘图，具有心理学背景的专业译者翻译。国内首套以儿童成长困惑为主题的心理自助读物。

2. 生动、有趣的故事，成长的道理蕴涵其中。通过提问，家长可以与孩子进行更多互动交流。

3. 书后附有"给家长的建议"，帮助家长与孩子共同成长。

4. 中英双语，是幼儿园和小学情绪与人格培养课程的最佳辅助教材，适合2岁以上儿童与父母、老师共读。

《我要更自信》
接受自己，建立自尊

《我要爱上吃饭》
读懂身体发出的信号，
吃多或吃少不再成为问题

《我要更专心》
国内第一本多动症
儿童自助手册

《我要更勇敢》
不让害羞成为孩子
人际交往的阻碍

图书在版编目（CIP）数据

我要更勇敢：克服害羞的故事 / [美]凯因（Cain, B.）著；孙燕译 . —北京：化学工业出版社，2010.6
（2016.2 重印）
（儿童情绪与人格培养绘本）
书名原文：I Don't Know Why...I Guess I'm Shy
ISBN 978-7-122-07986-2

I. 我… II. ①凯… ②孙… III. 图画故事—美国—现代 IV. I712.85

北京市版权局著作权合同登记号：01-2009-6272

责任编辑：郝付云 肖志明 李 征　　　　文字编辑：邹 丹
责任校对：宋 夏　　　　　　　　　　　　装帧设计：黑羽平面工作室

出版发行：化学工业出版社（北京市东城区青年湖南街13号 邮政编码100011）
印　装：北京瑞禾彩色印刷有限公司
889mm×1194 mm 1/20　印张 2　字数27千字　2016年2月北京第1版第22次印刷

购书咨询：010-64518888（传真：010-64519686）　售后服务：010-64518899
网　址：http://www.cip.com.cn
凡购买本书，如有缺损质量问题，本社销售中心负责调换。

定　价：12.80元　　　　　　　　　　　　　　　　　　版权所有　违者必究